Michael Bond

Zahltag für Paddington

Michael Bond

Zahltag für Paddington

Aus dem Englischen von
Monika Osberghaus

Carl Hanser Verlag

Die Geschichte »Zahltag für Paddington«
erschien zuvor 1996 unter dem Titel »Bankgeschäfte«
in dem Band *Paddington macht Ferien*
im Carl Hanser Verlag.

Die Originalausgabe des Bandes erschien 1961
unter dem Titel *Paddington Abroad*
bei William Collins Ltd. UK in London.

Die Schreibweise in diesem Buch entspricht
den Regeln der neuen Rechtschreibung.

2 3 4 5 02 01 00 99 98

ISBN 3-446-19544-0

Einband: Peter-Andreas Hassiepen, München
Bildnachweis: Illustrations courtesy of CINAR Films Inc.

Satz: Reinhard Amann, Aichstetten
Druck und Bindung:
Friedrich Pustet, Regensburg
Printed in Germany

»Paddington hat sich aber fein gemacht heute Morgen«, sagte Mrs Bird.

»Ach herrje«, sagte Mrs Brown. »Wirklich? Hoffentlich hat er nicht schon wieder irgendetwas vor.«

Sie trat ans Fenster zu Mrs Bird und sah gleichfalls hinaus auf die Straße, wo eine kleine Gestalt im blauen Dufflecoat den Gehsteig entlangeilte.

Nun, als Mrs Bird es sagte, hatte auch sie den Eindruck, dass Paddington heute etwas Besonderes an sich hatte. Selbst aus der Entfernung sah man, wie ungewohnt ordentlich sein Pelz gekämmt war, und seinen alten Hut trug er heute, statt ihn bis über die Ohren herabzuziehen, mit flott nach oben geklappter Krempe, was er sonst niemals tat. Selbst sein Koffer sah aus, als sei er poliert worden.

»Er nimmt auch einen anderen Weg«, sagte Mrs Brown. Paddington hatte die Straßenecke erreicht, schaute sich vorsichtig nach allen Seiten um und bog dann nach rechts. Bald war er nicht mehr zu sehen. »Sonst geht er *immer* nach links.«

»Wenn Sie mich fragen«, sagte Mrs Bird, »dieser Bär hat etwas vor. Schon beim Frühstück hat er sich so merkwürdig benommen. Er wollte keine zweite Portion haben, und ständig hat er Mr Brown beim Zeitunglesen über die Schulter geschaut und dabei ein ziemlich seltsames Gesicht gemacht.«

»Na, dass er bei Henrys Zeitung ein seltsames Gesicht macht, wundert mich nicht«, sagte Mrs Brown. »Ich werde auch nie schlau aus diesem Blatt.«

Mr Brown arbeitete in der City von

stand FLOYDS BANKGESELLSCHAFT, genau wie auf dem Gebäude, und auf der ersten Seite stand in Tinte MR P. BROWN.

Außer den Browns und Mr Gruber wußte kaum jemand von Paddingtons Sparbuch, denn das war ein wohlgehütetes Geheimnis. Angefangen hatte alles vor ein paar Monaten, als Paddington in einer von Mr Browns Zeitungen auf eine Anzeige stieß, die er sich ausschnitt und aufbewahrte. Sie zeigte einen väterlich dreinschauenden, Pfeife rauchenden Herrn, der sich als Mr Floyd vorstellte und erklärte, wenn man ihm Geld anvertraue, dann bekäme man etwas, was er »Zins und Zinseszins« nannte – und je länger er das Geld behielte, desto mehr würde es werden.

Paddington hatte einen Riecher für günstige Angebote. Sein Geld einfach nur dadurch zu vermehren, dass er es irgendwo hinbrachte – das schien ihm in der Tat ein günstiges Angebot zu sein.

Den Browns hatte die Idee gut gefallen, und Mr Brown hatte Paddingtons Weihnachts- und Geburtstagsgeld eigens um fünfzig Pence erhöht. Nach reiflicher Überlegung hatte Paddington weitere zehn Pence hinzugefügt, die er sich nach und nach von seinem Windbeutelgeld abgespart hatte, und so ergab sich schließlich die enorme Summe von fünf Pfund und fünfundzwanzig Pence. Eines Tages war Mrs Bird dann mit ihm zur Bank gegangen, um ein Sparkonto zu eröffnen.

Paddington hatte sich noch tagelang danach im Hausgang eines Geschäftes gegenüber der Bank herumgedrückt und jeden misstrauisch beobachtet, der ein und aus ging. Irgendwann aber war er von einem Polizisten zum Weitergehen aufgefordert worden, und so musste er die Sache fürs Erste auf sich beruhen lassen.

Seitdem hatte Paddington den Betrag im Sparbuch zwar mehrfach kontrolliert, war aber nicht mehr in die Bank hineingegangen. Insgeheim war er ziemlich eingeschüchtert – drinnen war alles aus Marmor und fein poliertem Holz –, und als es von der nahe gelegenen Kirche zehn Uhr schlug, war er ganz erleichtert, dass er immer noch der Einzige war, der draußen wartete.

Der letzte Glockenschlag verklang, und man hörte, wie drinnen ein Riegel beiseite geschoben wurde. Paddington eilte zur Tür und spähte durch den Briefschlitz.

»He, he!«, rief der Portier, als ihm Paddingtons Hut unter die Augen kam. »Betteln und Hausieren verboten, Freundchen. Dies ist eine Bank und kein Armenhaus. Irgendwelche Taugenichtse können wir hier nicht gebrauchen!«

»Taugenichtse?«, wiederholte Paddington und ließ vor Überraschung die Klappe des Briefschlitzes fallen.

»Jawohl, Taugenichtse«, schimpfte der Portier und machte die Tür auf. »Taugenichtse, die meinen Türklopfer anhauchen. Der ist nämlich aus Messing, und ich habe ihn poliert, jawohl.«

»Ich bin kein Taugenichts«, rief Paddington zutiefst gekränkt und schwenkte sein Sparbuch. »Ich bin ein Bär, und ich bin gekommen, um Mr Floyd zu sprechen. Wegen meinem Geld.«

»Ach, du liebe Zeit«, sagte der Portier, der Paddington nun etwas genauer ansah. »Das tut mir aber Leid, mein Herr. Ich habe nur Ihren Schnurrbart durch den Briefschlitz gesehen, und da habe ich Sie mit einem der bärtigen Herrschaften von der Straße verwechselt.«

»Ist schon in Ordnung«, sagte Paddington traurig. »Verwechseltwerden bin ich gewöhnt.« Und als der Portier ihm die Tür aufhielt, lüpfte er höflich seinen Hut und eilte in die Bank.

In letzter Zeit hatte Mrs Bird immer wieder betont, wie gut Paddington daran tue, sich für besondere Ausgaben etwas auf die hohe Kante zu legen oder auch für den Fall, dass schlechte Zeiten kämen.

Eines Tages würde er noch froh darüber sein. Nachdem Paddington die ganze Nacht über die Sache nachgedacht hatte, war er zu der Überzeugung gelangt, dass ein Urlaub im Ausland ein klarer Fall von »besonderen Ausgaben« war. Daraufhin hatte er Mr Floyds Anzeige noch einmal sorgfältig studiert und war auf eine sehr gute Idee gekommen, wie er trotzdem noch Geld für schlechte Zeiten übrig behalten und auf diese Weise zwei Fliegen mit einer Klappe schlagen konnte. Doch wie so viele Ideen, die ihm nachts unter der Bettdecke kamen, schien auch diese bei Tageslicht besehen nicht mehr ganz so gut zu sein.

Nun, da er tatsächlich in der Bank war, quälten Paddington Gewissensbisse; er wünschte, er hätte sich vorher mit

Mr Gruber beraten. Er war sich nämlich keineswegs sicher, ob Mrs Bird es guthieß, wenn er Geld abhob, ohne sie vorher zu fragen.

Eilends ging er zu einem der Schalter, stieg auf seinen Koffer und lugte über den Schaltertisch. Der Mann auf der anderen Seite machte ein ziemlich erschrockenes Gesicht, als Paddingtons Hut langsam vor ihm auftauchte, und er tastete nervös nach dem Knopf für die Alarmglocke.

»Ich möchte bitte alle meine Ersparnisse abheben, wegen besonderer Ausgaben«, sagte Paddington mit wichtiger Miene und gab dem Mann sein Sparbuch.

Mit einem erleichterten Aufatmen nahm der Mann Paddingtons Sparbuch entgegen. Dann hielt er es mit hochgezogenen Augenbrauen ins Licht. Die

Vorderseite war voll gekritzelt mit verschiedenen Berechnungen in roter Tinte, ganz zu schweigen von dem einen oder anderen unschönen Marmeladenklecks.

»Es gab da heute Nacht unter der Bettdecke ein kleines Missgeschick mit meinem Marmeladenglas«, klärte Paddington den Mann auf, als er seinen Blick auffing.

»Mit Ihrem *Marmeladenglas*?«, wiederholte der Mann. »Unter der *Bettdecke*?«

»Genau«, sagte Paddington. »Ich habe nämlich Zins und Zinseszins ausgerechnet und bin dabei wohl aus Versehen mit der Pfote hineingetreten. Unter der Bettdecke war das alles ein bisschen schwierig.«

»Scheint mir auch so«, sagte der Mann angeekelt. »Marmeladenkleckser, also so was! Und dann noch auf einem Sparbuch von Floyds Bankgesellschaft!«

Er war noch nicht lange im Bankwesen tätig; der Direktor hatte ihm zwar gesagt, dass sie es manchmal mit sehr schrulligen Kunden zu tun hatten, aber von Bären-Konten hatte er nichts erwähnt.

»Was soll ich nun bitte schön hiermit anfangen?«, fragte er argwöhnisch.

»Ich würde gerne alle meine Zinsen und Zinseszinsen drauflassen«, sagte Paddington. »Für schlechte Zeiten.«

»Na ja«, sagte der Mann überheblich, während er auf einem Blatt Papier ein paar Berechnungen anstellte. »Ob die Zeiten *davon* viel besser werden – es sind ja bloß zehn Pence.«

»Was!«, rief Paddington aus. Er wollte seinen Ohren nicht trauen. »*Zehn Pence!*

Das soll der ganze Zins und Zinseszins sein! Nicht mehr?«

Der Bankangestellte suchte angestrengt nach einer guten Erklärung. Er hatte keinerlei Erfahrung mit Bären, und Paddington schien ihm inzwischen ein sehr heikler Kunde zu sein.

»Zinsen«, fing er an. »Das ist etwas, was wir Ihnen dafür geben, dass Sie uns Ihr Geld leihen. Und je länger Sie Ihr Geld drauflassen, desto mehr wird es.«

»Aber mein Geld ist seit Weihnachten drauf«, rief Paddington. »Das sind fast sechs Monate!«

»Zehn Pence«, sagte der Mann mit fester Stimme.

Wie vor den Kopf gestoßen sah Paddington zu, wie der Mann etwas in sein Sparbuch eintrug und ihm dann eine

Fünfpfundnote und ein bisschen Kleingeld über den Schaltertisch schob. »Bitte sehr«, sagte er in geschäftigem Ton. »Fünf Pfund und fünfundzwanzig Pence.«

Paddington beäugte kritisch den Geldschein und sah dann auf einen kleinen Zettel in seiner Pfote. Während er die beiden miteinander verglich, wurden seine Augen größer und größer.

»Da haben Sie wohl einen Fehler gemacht«, rief er. »Das ist nicht mein Geldschein.«

»Einen Fehler gemacht?«, wiederholte der Mann steif. »Wir von Floyds Bankgesellschaft machen niemals Fehler.«

»Aber er hat eine andere Nummer«, sagte Paddington zornig.

»Eine andere *Nummer*?«, wiederholte der Mann.

»Ja«, sagte Paddington. »Und außerdem stand auf meinem, dass Sie dem Übergebär fünf Pfund dafür bezahlen.«

»Nicht Überge*bär*«, sagte der Bankangestellte. »Überge*ber*. Das steht auf allen Geldscheinen. Außerdem«, fuhr er fort, »kriegen Sie nie denselben Schein wieder, den Sie eingezahlt haben. Ihrer kann inzwischen meilenweit entfernt sein, falls es ihn überhaupt noch gibt. Wenn es ein alter war, ist er vielleicht auch vernichtet worden. Die alten Geldscheine werden oft verbrannt, wenn sie sehr abgegriffen aussehen.«

»Verbrannt?«, wiederholte Paddington benommen. *»Sie haben mein Geld verbrannt?«*

»Ich habe ja nicht gesagt, dass es so ist«, sagte der Mann, den die Sache mehr und mehr verwirrte. »Ich habe nur gesagt, dass es so sein könnte.«

Paddington holte tief Luft und sah den Bankangestellten böse an. Es war sein wilder Bärenblick, den ihm seine Tante Lucy für den Ernstfall beigebracht hatte.

»Ich möchte bitte mit Mr Floyd sprechen«, sagte er mit lauter Stimme.

»Mit Mr Floyd?«, wiederholte der Angestellte und wischte sich den Schweiß von der Stirn. Hinter Paddington hatte sich schon eine Schlange gebildet. Ungeduldiges Murren wurde laut, dessen Tonfall ihm gar nicht behagte. »Es gibt keinen Mr Floyd, fürchte ich«, sagte er.

»Wir haben einen Mr Trimble«, fügte er hastig hinzu, da Paddingtons Bärenblick noch wilder wurde als zuvor. »Er ist der Bankdirektor. Am besten hole ich ihn her – er wird wissen, was zu tun ist.«

Entrüstet sah Paddington dem davoneilenden Angestellten nach, der auf eine Tür mit der Aufschrift DIREKTION zusteuerte. Das alles gefiel ihm immer weniger. Nicht genug, dass sein Geldschein eine andere Nummer hatte, auch die Münzen waren ausgetauscht worden! Sie hatten eine andere Jahreszahl als die, die er abgegeben hatte. Außerdem waren seine eigenen blitzblank poliert gewesen, und diese hier sahen alt und stumpf aus.

Paddington stieg vom Koffer und schob sich an den Leuten vorbei. Ein entschlossener Ausdruck lag auf seinem Gesicht. Paddington war zwar nur klein, aber er war ein Bär mit einem ausgeprägten Sinn für Gerechtigkeit, vor allem, wenn es um

Geld ging, und er fand, dass es höchste Zeit war, die Angelegenheit in die eigenen Pfoten zu nehmen.

Als er draußen war, eilte Paddington die Straße hinunter. Er suchte eine Telefonzelle. Im Geheimfach seines Koffers lagen wohl verwahrt zehn Pence sowie ein Zettel von Mrs Bird, auf dem Anweisungen für den Notfall standen. Während er zur Telefonzelle lief, dachte Paddington alles noch einmal sorgfältig durch und kam dann zu dem Entschluss, dass dies ein *ziemlicher* Notfall war, ja, dass er wahrscheinlich noch nie einen größeren erlebt hatte. Endlich erreichte er die Telefonzelle; zum Glück war sie gerade nicht besetzt.

»Ich weiß nicht, was da heute bei der Bank los ist«, sagte Mrs Brown und schloss die Haustür. »Als ich vorbeikam, stand eine riesige Menschenmenge davor.«

»Vielleicht ein Banküberfall«, sagte Mrs Bird. »Man liest ja in letzter Zeit so viele schreckliche Sachen.«

»Ich glaube nicht, dass es ein Überfall war«, sagte Mrs Brown unschlüssig. »Eher ein Unfall oder so etwas. Die Polizei war da und der Krankenwagen *und* die Feuerwehr.«

»Hmm!«, sagte Mrs Bird. »Na, wollen wir hoffen, dass nichts Ernsthaftes passiert ist. Paddington hat sein ganzes Geld dort, und wenn es ein Überfall war, wird er uns ewig damit in den Ohren liegen.«

Mrs Bird verstummte und machte ein nachdenkliches Gesicht. »Da wir gerade von Paddington sprechen – haben Sie ihn, seit er heute früh weggegangen ist, schon wieder gesehen?«, fragte sie.

»Nein«, sagte Mrs Brown. »Du lieber Himmel!«, rief sie aus. »Sie denken doch nicht etwa ...«

»Wir gehen sofort los«, sagte Mrs Bird. »Ich stelle nur eben noch den Besen in die Kammer – und ich fress ihn auf, wenn Paddington dort nicht mittendrin steckt!«

Mrs Brown und Mrs Bird brauchten eine ganze Weile, bis sie sich durch die Schaulustigen vor der Bank hindurchgedrängt hatten. Schließlich waren sie in der Schalterhalle und sahen ihre schlimmsten Befürchtungen bestätigt: Inmitten von vielen, vielen Polizisten, Feuerwehrmännern und Bankangestellten entdeckten sie Paddington, klein und still auf seinem Koffer sitzend.

»Was geht hier vor?«, schrie Mrs Brown. Sie kämpften sich nach vorne.

Paddington war sehr froh, sie zu sehen. Seitdem er wieder zurück in der Bank war, hatten die Dinge sich nicht zum Besseren entwickelt, im Gegenteil.

»Ich glaube, meine Nummern sind aus Versehen ausgetauscht worden, Mrs Brown«, erklärte er.

»Einen jungen Bären um seine Ersparnisse betrügen, das geht hier vor!«, schrie jemand von hinten.

»Sein Geld verbrannt haben sie«, schrie ein anderer.

»Hunderte von Pfund sind in Rauch aufgegangen«, rief ein Händler vom Portobello-Markt; er kannte Paddington vom

Sehen und war in die Bank gegangen, um nachzuschauen, was los war.

»Ach herrje«, sagte Mrs Brown nervös. »Das ist ganz bestimmt ein Irrtum. So etwas würde Floyds Bankgesellschaft doch niemals mit Absicht tun.«

»Selbstverständlich nicht, *Madam*«, sagte der Direktor und trat vor.

»Mein Name ist Trimble«, fuhr er fort. »Können Sie für diesen jungen Bären bürgen?«

»Für ihn bürgen?«, fragte Mrs Bird. »Nun, das erste Mal war ich selbst mit ihm hier. Er ist ein hochanständiges Mitglied der Familie und hat sich noch nie etwas zu Schulden kommen lassen.«

»Anständig mag er ja sein«, sagte ein großer Polizist und leckte an seinem Bleistift, »aber das andere würde ich bezweifeln. Wählt einfach aus Jux die 999. Ruft die Polizei herbei und die Feuerwehr und den Krankenwagen. Dem müssen wir nachgehen.«

Alle hörten auf zu reden und sahen auf Paddington hinunter.

»Aber ich wollte doch nur Mrs Bird anrufen«, sagte Paddington.

»Mrs Bird anrufen?«, wiederholte der Polizist langsam und schrieb es in sein Notizbuch.

»Genau«, sagte Paddington. »Und ich bin immer mit der Pfote in der Nummer neun stecken geblieben, fürchte ich, und jedes Mal, wenn ich sie herausziehen wollte, hat mich jemand gefragt, was ich wollte. Da habe ich um Hilfe gerufen.«

Mr Trimble räusperte sich. »Lassen Sie uns in mein Büro gehen«, schlug er vor.

»Es scheint eine verwickelte Angelegenheit zu sein – dort haben wir mehr Ruhe.«

Damit waren alle herzlich einverstanden, besonders Paddington. Er nahm seinen Koffer und folgte den anderen ins Direktionsbüro. Ein Sparkonto zu führen war so ziemlich das Komplizierteste, was ihm je untergekommen war.

Es dauerte eine Weile, bis er alles erklärt hatte, aber schließlich waren alle sehr erleichtert, dass nichts wirklich Ernstes vorgefallen war. Selbst der Polizist schien ganz froh zu sein.

»Ein Jammer, dass nicht mehr Bären diesen Gemeinschaftsgeist haben«, sagte er und schüttelte Paddington die Pfote. »Wenn jeder sofort um Hilfe riefe, wenn er etwas Merkwürdiges sieht, dann hätten wir langfristig gesehen viel weniger zu tun.«

Nachdem die anderen alle gegangen waren, machte Mr Trimble für Mrs Brown, Mrs Bird und Paddington eine Führung durch die Bank und zeigte ihnen den Tresorraum, wo alles Geld aufbewahrt wurde. Er schenkte Paddington sogar eine kleine Broschüre über Bankgeschäfte, die ihm beim nächsten Mal helfen würde, alles richtig zu machen.

»Ich hoffe, dass Sie Ihr Konto nicht kündigen, Mr Brown«, sagte er. »Floyds Bankgesellschaft verliert ungern einen wichtigen Kunden. Wenn Sie uns Ihre fünfundzwanzig Pence anvertrauen, bekommen Sie von mir einen nagelneuen Fünfpfundschein für die Ferien.«

Paddington dankte Mr Trimble sehr herzlich für all seine Mühe und dachte dann über das Angebot nach. »Wenn es

Ihnen nichts ausmacht«, sagte er schließlich, »dann hätte ich doch lieber einen gebrauchten.«

Paddington war kein Bär, der leichtfertig ein Risiko einging. Der Geldschein in der Hand des Direktors sah zwar sehr verlockend aus, aber es schien ihm doch sicherer, einen zu nehmen, der sich schon bewährt hatte.